HAUTECOMBE

—

SOUVENIRS POÉTIQUES

OU

FLEURS CHOISIES

DE

DIVERS AUTEURS

—

PRIX : 50 C.

—

CHAMBÉRY

IMPRIMERIE CHATELAIN, SUCCESSEUR DE F. PUTHOD

24, RUE DU VERNEY, 24.

—

1875

HAUTECOMBE

SOUVENIRS POÉTIQUES

OU

FLEURS CHOISIES

DE

DIVERS AUTEURS

CHAMBÉRY

IMPRIMERIE CHATELAIN, SUCCESSEUR DE F. PUTHOD

24, RUE DU VERNEY, 24.

1875

I

Sur un lit de granit, rocailleux, inégal,
Un lac étend au loin sa nappe de cristal,
Et ses flots écumeux d'une onde tourmentée
Dressent en bouillonnant la surface agitée.
Ses bords sont entourés de verdoyants coteaux
Où dominent encor de gothiques châteaux ;
De leurs fronts crénelés, où l'aigle a mis son aire,
Pendent en longs festons et la vigne et le lierre ;
Mutilés, mais debout, leurs débris glorieux
Viennent nous attester nos robustes aïeux :
Apparaissez encore, ô guerriers intrépides,
Dont les noms sont inscrits dans nos fastes splendides :
O Gerbaix, Châtillon, de Grandson, de Seyssel (1),
Vous qui brilliez jadis d'un éclat immortel....
Mais quels sont ces rochers dont la noire ceinture
Enferme dans son sein cette onde fraîche et pure?

(1) Toutes les notes sont réunies à la fin de l'opuscule.

Poétique bassin où se mirent les cieux,
Qui reçus de Bourget le nom mélodieux ;
Beau lac, oh ! que de fois, sur tes paisibles rives,
As-tu vu folâtrer les nymphes fugitives ?....

. . . .

Plus loin l'on voit ces monts qui cachent aux regards
Leurs pics audacieux couronnés de brouillards ;
Ces glaciers éternels, ces vieux piliers du monde
Enfantés les premiers par cette voix féconde
Qui, pour créer, nommait chaque objet à son tour ;
Car l'univers ne fut qu'un miracle d'amour.
    Mais plus loin, à Chanaz, du lac l'onde argentée
Dans le sein d'un canal fuit plus précipitée,
Et courant se mêler au Rhône impétueux,
Gronde et laisse échapper ses flots tumultueux.

    Ces rochers et ces monts, ces forêts, ces abîmes,
Parfois jettent entr'eux comme des voix sublimes ;
Des parfums ignorés poétisent les airs ;
Aucun bruit ne frémit dans ces vastes déserts,
Si ce n'est quand du lac les lames colossales
Se déroulent au loin au souffle des rafales ;
Ou lorsque l'ouragan, volcanisant les cieux,
Fouette, au feu des éclairs, ces monts audacieux.

. . . .

    Gigantesques éclats des arêtes du globe :
Monuments d'un passé que le temps nous dérobe,
L'homme, en vous contemplant, recule épouvanté
Comme écrasé du poids de votre éternité.

                                        A-S. S*.

II

Vers ces sauvages bords s'élève un monastère,
Séjour de l'abstinence et de l'humble prière ;
Ses murs, ses pavillons se mirent dans les eaux
Et ses pieds de granit sont baignés par les flots.
. . . .
Oui, ces murs que la foi, la grandeur, la victoire
Élevèrent jadis tel qu'un temple de gloire,
Nous parlent bien plus haut que tous ces monuments
Dont un futile orgueil posa les fondements :
Car la religion imprime à cette enceinte
Son auguste splendeur et sa majesté sainte.
Sept cents ans ont passé depuis que, dans ces lieux,
Amédée (2) érigea ce monument pieux.

Dans ces temps qu'agitaient les discordes civiles,
La paix n'habitait plus que dans ces saints asiles
Où la foi, rassemblant les élus du Seigneur,
Tressait pour la vertu quelques jours de bonheur.

Dans le fond des couvents, la paix et l'innocence
Comme le feu sacré cultivaient la science ;
C'est là que du Seigneur on conserva les lois
Et que l'on recueillit les récits d'autrefois.
Sciences et beaux-arts, histoire et poésie
Exhalaient dans ces murs un parfum d'ambroisie ;
Les moines, conservant ce dépôt précieux,
Ont transmis jusqu'à nous ces legs de nos aïeux.
Ce sont eux dont les soins sauvèrent du naufrage
Ces manuscrits épars, monuments d'un autre âge,
Et qui, pour rechercher la parole de Dieu,
Nous conservaient Homère et le poète hébreu ;
Et de tant de débris ramassant les vestiges,
De la science antique ont gardé les prodiges :
Honneur, gloire à leurs noms ! Le genre humain vieilli
Ne doit pas replonger leurs bienfaits dans l'oubli,
Il doit se rappeler qu'aux jours de son enfance
Ils hâtaient les progrès de son intelligence,
Que les serfs attachés au joug avilissant,
Hommes stigmatisés par un sceau flétrissant,
Ne trouvaient de pitié, de secours, de justice,
Qu'en cherchant d'un couvent l'ombre sainte et propice.

A.-S. S*.

III

H AUTECOMBE bientôt vit, sous ses murs pieux,
S'augmenter des élus le nombre glorieux :
Les uns, vouant leurs jours à l'austère abstinence,
Du sévère Bernard admiraient l'éloquence ;
Les autres, de Benoît imitant les vertus,
Imposaient un cilice à leurs sens combattus ;
Nuit et jour prosternés aux pieds de la croix sainte,
De leurs hymnes sacrés ils remplissaient l'enceinte.

. . . . . , ...

Or, dès les premiers ans, ces enfants de Cîteaux
Virent, dans leur asile, ériger des tombeaux :
Ducs, barons, comtes, rois, firent du monastère
De leurs froids ossements l'humble dépositaire :
Voyez-vous s'élever ces mânes belliqueux ?
Quel est cet étendard qu'ils agitent entr'eux ?...
Le vent fait ondoyer sa forme voltigeante :
Sur la pourpre, la croix en blanc émail s'argente...

. . . . , ...

O tombes des héros ! archives glorieuses
Où viendront s'inspirer les âmes généreuses !
A votre auguste aspect, notre esprit abattu
A respiré la gloire et puisé la vertu.
HUMBERT, toi qui des saints méritas la couronne,
AMÉDÉE et THOMAS que la gloire environne,
Magnanime ÉDOUARD, intrépide guerrier,
PIERRE, prince superbe et courtois cavalier ;
AIMON et PHILIBERT, PHILIPPE, BONIFACE (3),
Aventureux héros d'une sublime race
Qui, pour l'église en deuil, combattant sous la croix,
Fîtes régner la paix et respecter ses lois :
Dormez sous l'œil de Dieu, grands princes dont la gloire
D'exploits et de vertus sut enrichir l'histoire !

Et vous, JEANNE, ALOÏSE, et vous, charmante AGNÈS,
SYBILLE, objet constant d'estime et de regrets ;
MARGUERITE, YOLANDE, et vous, noble GERMAINE,
Vous enfin, BÉATRIX, célèbre souveraine (4) !

. . . .
. . . . , ...
. . . .
. . . .

Des fils de saint Bernard, les angéliques voix
S'envolaient vers le ciel pour l'âme de nos rois.
Fidèles gardiens de ces tombes royales,
Ils baignaient de leurs pleurs les pierres sépulcrales.
Et les siècles passaient sans que, dans ce saint lieu,
L'ombre d'un monde impur voilât le nom de Dieu.
Les vertus et la foi, les sciences, la gloire
De l'antique Hautecombe ont crayonné l'histoire :
Des saints et des savants, deux papes révérés

Sont sortis, en tremblant, de ces murs vénérés (5).
Jusqu'au siècle dernier, l'auguste sanctuaire
Vit le temps l'honorer d'un culte héréditaire,
Et chaque âge, en passant, lui payer tour à tour
Un hommage éclatant de respect et d'amour.

Mais le siècle en mourant pousse un cri de colère,
Et le monde, envahi sous le flot populaire,
Craque sur ses appuis, comme ces monuments
Dont un feu souterrain mine les fondements.

A.-S. S*.

IV

ÉCOUTE : il fut un temps d'horreur et de ténèbres,
Les flots du lac roulaient avec des voix funèbres ;
Le tonnerre grondait dans un ciel lourd et noir,
Pardonne-moi ces pleurs !... C'était le dernier soir (6) !
Le vieux cloître tremblait sur ses bases antiques,
La révolte en courroux entra sous nos portiques
Et l'on vint arracher de nos autels en deuil
Des vieillards qui priaient le front sur un cercueil !

La cloche du couvent, à cette heure dernière,
En longs gémissements tinta pour la prière ;
Et les moines blanchis à l'ombre de la croix
Se rassemblaient au chœur pour la dernière fois.
. . . .
Tout à coup la Révolte entra comme un tonnerre ;
La massue ébranla le seuil du sanctuaire...
Nous couvrîmes nos fronts des plis de nos manteaux ;
Les balustres d'airain tombent sous le marteau,

L'hymne sanglant s'élance à la voûte sonore :
Ils frappent.... Vainement notre voix les implore :
Le clairon répond seul à notre voix en pleurs ;
Nous tombons à genoux et, du fond de nos cœurs,
Un grand cri tonne alors qui couvre les fanfares :
« Seigneur arrête ici la marche des barbares ! »
  Les barbares surpris s'arrêtent devant nous,
Je ne sais quelle force a vaincu leur courroux :
Mais devant ces grands fronts blanchis dans la retraite.
Saisis d'un saint respect, ils inclinent la tête ;
Le soldat nous salue en baissant son fusil,
Et, la croix en avant, nous partons pour l'exil !

J.-P. V`.

  Cependant la Terreur commandait le carnage,
Les temples s'écroulaient sous le crime et l'outrage,
Tout, jusqu'à la vertu, tout devenait suspect,
Et pour la tombe même on n'eut plus de respect ;
L'homme du Tout-Puissant osa nier l'empire
Et tout le genre humain eut un jour de délire....
Alors un lâche essaim d'avides forcenés
Osèrent insulter aux cercueils profanés.

A.-S. S'.

      Et leur troupe déchaînée,
      Sur la terre consternée,
      Promène ardente, effrénée,
      La poussière des tombeaux.
      Les trônes que leurs pieds foulent ;
      Les temples, les palais croulent,
      Les fleuves effrayés roulent
      Des troncs sanglants dans leurs eaux.

C'est peu. Dans la tombe,
Un jour affreux tombe,
Le marbre succombe
Sous les lourds marteaux.
Les nefs retentissent,
Les voûtes frémissent,
Les bruits sourds gémissent
Sous les longs arceaux.

Sur le pavé tremblant les ossements résonnent
Tristement expulsés des cercueils entr'ouverts ;
Les méchants, pour jouets, aux zéphirs abandonnent.
Ce qu'avaient épargné les vers.

Car, dans leur pensée,
La grandeur passée
Fut un crime aussi :
Sur des corps sans vie,
Leur rage assouvie
Le proclame ainsi :   .

« Quiconque fut maître,
« Prince, noble ou prêtre
« Doit se voir puni.
« Vivant, qu'il succombe ;
« Et mort, de sa tombe
« Qu'il erre banni. »

Et leurs sanglantes mains ont dispersé vos restes,
Ancêtres de nos rois :
Et l'on pleura sur vous, dans ces moments funestes,
Une seconde fois !

Le C. de F~.

Mais, tandis que le crime osait fouiller la tombe,
On vit, dit-on, planer sur les murs d'Hautecombe
      L'ange éclatant de l'avenir :
Il disputait au vent ces cendres vénérées
Et, non loin de ces lieux, de ses mains inspirées,
      Il courut les ensevelir.

A.-S. S*.

Je ne te dirai pas le destin de nos frères :
Ils gagnèrent au loin des rives moins contraires ;
Pour moi, jusqu'au matin de cette nuit d'horreurs,
J'errai dans la forêt aux vastes profondeurs....
Le ciel blanchit enfin : un rayon de lumière
Vint frapper sur la croix du clocher de Saint-Pierre (7),
Et je vis s'exhaler d'un grand bois de noyer
La vapeur qui montait d'un vigilant foyer ;
Vers ce toit solitaire au flanc de la colline,
Les pieds nus et sanglants, triste je m'achemine....
    J'arrive, et m'arrêtant à quelques pas du seuil,
J'hésitais à frapper, incertain de l'accueil,
Quand je vis, au-dessous de l'architrave antique,
Un Christ de bois cloué sur la porte rustique.
A ce signe sacré, j'avance hardiment
Et je frappe. Un vieillard, presque au même moment,
Grave et serein, parut au seuil de la chaumière :
— « Que Dieu soit avec vous ! Que voulez-vous, mon Père,
Que venez-vous chercher sous mon toit de roseau ? »
— « Au prix de mon travail, ami, le pain et l'eau. »
— « Ma table, mon foyer, mon champ, cette demeure,
Me dit-il, sont à vous comme à moi, dès cette heure ;
Mais d'où vient ce bonheur au pauvre publicain
Qu'un prêtre de son Dieu vienne rompre son pain ? »
    Je lui raconte alors l'épouvantable scène ;

Le Très-Haut, l'Éternel chassé de son domaine,
L'horrible *Ça ira* tonnant dans le saint Lieu ,
Et le prêtre arraché des autels de son Dieu.   .
— « Malheur, dit le vieillard, à cette race impie !
Que de crimes un jour, il faudra qu'elle expie !
Mais au nom du Seigneur, notre Sauveur à tous,
Entrez, mon Père, entrez et restez avec nous !.... »

Je demeurai vingt ans dans cette humble famille,
Comme eux, je maniais la houe et la faucille,
Ou, courbé sur le soc, armé de l'aiguillon ,
Je creusais avec eux quelque rude sillon.
Seulement quand la nuit tombait sur la campagne,
Sous l'humble vêtement des fils de la montagne,
Je descendais aux bords où fut le vieux couvent.
Les débris du passé volaient au gré du vent.
Les monuments détruits couvraient le sanctuaire,
Les chèvres y broutaient la ronce et la bruyère :
D'immondes animaux, parqués dans les vieux murs,
Fouillaient le sol sacré de leurs museaux impurs.
Je me cachais , pleurant dans l'ombre des broussailles,
Et murmurais tout bas l'hymne des funérailles.
Puis , répandant l'eau sainte à ces lieux affligés :
« Dormez en paix, » disais-je, « ô mânes outragés ! »
. . . .
Et j'accomplis vingt ans cette œuvre expiatoire,
Humble hommage aux aïeux outragés dans leur gloire....
Et j'attendis vingt ans : et, vingt ans, j'ai rêvé
Le jour de la justice.... Enfin, il s'est levé.

J.-P. V*.

V

Oui, les temps approchaient où la Savoie en deuil
Verrait, de tant de rois, relever le cercueil ;
Dieu, pour récompenser ses fidèles provinces,
Gardait à leur amour le plus pieux des princes.

. . . .
. . . .

C'est toi, CHARLES-FÉLIX, toi dont l'âme héroïque,
Forte dans le malheur et d'une trempe antique,
Ne sut jamais fléchir en face du devoir :
O fils de tant de saints (déjà je crois te voir),
Tu rendras le repos à leurs cendres troublées,
Ta main relèvera leurs nobles mausolées ;
Et l'auguste CHRISTINE, ange échappé des cieux,
Viendra s'associer à ce devoir pieux.
Christine, ô noble reine, ô princesse chérie,
Toi que la multitude a si souvent bénie !
Soutien des orphelins, espoir des malheureux,
Le pauvre eut son appui dans ton cœur généreux !....

. . . .

2   A.-S. S.

Viens donc, prince adoré, viens de tes mains royales
    Relever ces débris :
Aux mânes dispersés par nos erreurs fatales,
    Rends leurs premiers abris.

Que les arts, à ta voix, par un noble artifice,
    Raniment à nos yeux
Les restes mutilés de l'antique édifice
    Où dormaient les aïeux.

DE F^x.

Félix vient, il débarque et son âme attendrie
Cherche les monuments d'une race ennoblie :
« Quoi ! c'est là ce qui reste ! Et, de ces monuments,
« L'impie a donc osé raser les fondements ?
« Quoi ! mes nobles aïeux exilés de leur tombe
« Erreraient sans abri sous les murs d'Hautecombe ?
« Quoi ! les brillants Amés et les pieux Aimons
« Verraient sur leurs cercueils l'oubli rayer leurs noms ?
« Mânes de mes aïeux ! ô vous, ombres sacrées,
« Qui, pendant la Terreur, sur ces bords, éplorées.
« Vîtes des forcenés troubler votre repos :
« Oui, je viens sur ce sol relever vos tombeaux.
« La paix redescendra sur vos cendres royales
« Et bientôt, à genoux sur ces augustes dalles,
« Des moines, des vieillards, des enfants, des guerriers
« Viendront, priant pour vous, vous jeter des lauriers ;
« Hautecombe bientôt recevra, dans son sein,
« De serviteurs du Christ un angélique essaim. »

A la voix de Félix, la jeune basilique
Surgit des vieux débris de l'abbaye antique :
On dirait que, servant un bras miraculeux,
Les artistes émus, comme aux temps fabuleux,

D'elles-mêmes voyaient s'élever les murailles (8).
Ils vont des monts voisins déchirer les entrailles :
Le marbre et le granit que recélaient leurs flancs,
Se dressent en piliers, montent en arcs-boutants,
Se taillent en frontons, se courbent en ogives,
S'arrondissent en arcs et courent en solives,
Et, formant de la nef les gothiques arceaux,
Creusent la sombre voûte en mauresques berceaux ;
Pendent en modillons, en flèches se découpent,
Brillent en bas-reliefs, en rosaces se groupent,
S'allongent en vitraux d'où fuit ce pâle jour
Que cherchent la tristesse et l'espoir tour à tour.
De cinabre et d'azur les guirlandes fleuries
Entrelacent dans l'or de nobles armoiries ;
Forment de longs rubans et courent en festons,
Qui, des arcs anguleux, décorent les frontons.
Là, le marbre imitant la légère dentelle
Court en nœuds transparents de chapelle en chapelle
Et, d'un travail exquis, déployant le trésor,
Orne ses blanches fleurs de larges feuilles d'or ;
Et là, sous le pinceau, les toiles animées
Représentent encore à nos âmes charmées
Ces chefs-d'œuvre divins que le doux Raphaël,
Pour enchanter la terre, alla puiser au ciel.

Voyez-vous ces tombeaux et leur noble élégance ?
Là, chaque guerrier dort couché près de sa lance :
Les glaives se mêlant aux images de deuil
Rappellent les combats, même sur le cercueil.
Tous ces preux étendus sous cette voûte obscure
Sont encor revêtus de leur pesante armure ;
Leur pose a, je ne sais, quelle mâle fierté
Que semble accroître encor leur immobilité :

Ils joignent leurs deux mains sur leur large poitrine,
Près du glaive indompté brille la croix divine :
On sent qu'une prière est leur dernier adieu,
Et leur froide effigie adore encor leur Dieu ;
Leurs simulacres froids , sur leurs tombes antiques,
Ont encor conservé leurs vêtements gothiques :
De granit et d'airain leurs traits mâles sculptés,
Tels qu'ils étaient jadis, nous sont représentés.

A.-S. S'.

Que l'hymne solennelle, sous les nefs renaissantes,
   Recommence à gémir ;
Que les illustres morts, dans leurs tombes récentes,
   Viennent se rendormir.

Que la religion de larmes maternelles
   Mouille leurs ossements
Jusqu'au jour qu'ils iront, aux clartés éternelles,
   Du fond des monuments.

Toi qui daignas jeter un regard tutélaire
   Sur ces débris épars,
Et, saintement prodigue, as, de ce sanctuaire,
   Fait un temple aux beaux-arts,

De tes hautes vertus l'éternelle mémoire
   Brille dans ce séjour ;
Et nos derniers neveux célèbreront ta gloire,
   O roi digne d'amour !

De F'.

VI

O vous, fils du désert, cénobites austères
  Qui, sur des bords lointains, pleuriez le cloître absent,
Vous qu'attiraient jadis nos rochers solitaires,
Accourez, contemplez le temple renaissant.

. . . .

Te voilà dans ta gloire, auguste monastère.
Toi qu'un prince dédie aux mânes des héros :
Prêtres, de vos autels allumez les flambeaux,
Entonnez l'hymne saint, parez le sanctuaire.

A. DE J^t.

Au fond des chapelles antiques,
Dormez, dormez en paix, ombres de nos aïeux!
  Couchés dans vos tombes gothiques,
  Dormez au bruit des saints cantiques
  Que pour vous on élève aux cieux.

Là, tous les jours, à la même heure,
De leurs ornements noirs les prêtres revêtus
Invoquent le Seigneur, et leur voix qui vous pleure
Pour vous tous qui gisez dans l'étroite demeure,
    Apaise le Dieu des vertus.

    Et la nuit, lorsque les ténèbres
Redoublent de ces lieux la sombre profondeur,
    Alors aussi, des chants funèbres
Pour vous tous, rois puissants, prélats, guerriers célèbres,
    Demandent pardon au Seigneur.

    Priez, vertueux cénobites,
    Priez pour l'âme de ces rois,
Prodiguez les parfums, les offrandes bénites,
Et faites que le ciel ajoute à leurs mérites
Les mystères pour eux célébrés tant de fois.

DE F'.

Sur les cercueils royaux veillent des solitaires (9)
Qu'au monde a dérobés la paix des monastères ;
D'une bure grossière humblement revêtus,
Hommes, de l'ange ils ont les célestes vertus.
Dans le chœur, quand la nuit étend ses voiles sombres,
Les moines sont debout, semblables à des ombres,
Et dans l'obscurité, fantômes indécis,
Ils semblent ces géants au bord du Nil assis.
Leurs voix à l'unisson s'élèvent fugitives,
Traînant les lents accords de leurs notes plaintives,
On sent que la ferveur murmure dans leur chant
Tout ce que la prière offre de plus touchant.
O psaumes de David, cri sublime de l'âme
Qui monte vers le ciel sur des ailes de flamme !
Soupir du Roi-Prophète, hymne de la douleur,

Et le plus noble accent de l'homme au Créateur !

. . . .

Mais déjà le soleil dissipe les ténèbres,
Ses rayons ont paru sous les voûtes funèbres,
Et, d'un jour éclatant, colorant les arceaux,
Tombent en gerbes d'or à travers les vitraux.
Des moines à genoux le concert angélique
Murmure doucement un céleste cantique....

A,-S. S*.

« Sainte patronne d'Hautecombe,
« Vous, la reine des trépassés !
« Des princes dont voici la tombe
« Secourez les plus délaissés.
« Montrez-vous l'Auxiliatrice
« De ceux qui furent vos enfants ;
« Dans une flamme expiatrice
« Sont-ils peut-être encor souffrants. »

A*.

Puis ces accents plaintifs que l'ami qui nous pleure
Murmure en gémissant à notre heure dernière ;
Suprême adieu du cœur qui s'élève attristé
Sur le seuil de la tombe et de l'éternité :

« Seigneur, de nos courtes années,
« Le terme est marqué par ta main ;
« Nos jours, comme les fleurs fanées
« Qui jonchent le bord du chemin,
« N'auront pas eu de lendemain :
« Et, déjà, nos mornes journées
« Sous ta faulx, tombant moissonnées,
« Iront mêler nos destinées
« A la cendre du genre humain.

« Seigneur, un peuple éteint dort sous les pas des hommes ;
« Ce sol que nous foulons autrefois fut vivant :
« De la cendre des morts l'air se peuple d'atomes,
« C'est d'ossements humains qu'est la poudre du vent.

A.-S. S*.

« Vous qui, près des cendres royales,
« Semblez présider à la mort,
« Ouvrez-nous vos mains libérales,
« Vierge, veillez sur notre sort.
« Guidez nos pas jusqu'à la tombe,
« Placez-nous parmi les élus !
« O Notre-Dame d'Hautecombe,
« Priez pour ceux qui ne sont plus ! »

VII

Que vois-je en ce vallon ? exhaussé sur les flots,
Hautecombe s'élève aux bords même des eaux.

L'airain tinte dans la tourelle
Sur les tombeaux des chevaliers :
Je veux amarrer ma nacelle
Le long de ces verts peupliers.

Conduisez-moi, mon père, à ces parvis de larmes.
Que je puisse y verser mes secrètes alarmes ;
Y recueillir mon cœur à l'ombre de la croix
Et rêver du néant sur la cendre des rois.

J.-P. V*.

Guidez-moi vers ces lieux où des princes célèbres
Dorment en paix sous le marbre glacé.

Vous, pieux solitaire, à leur garde placé,
Montrez à l'étranger ces retraites funèbres.

A. DE J*.

Me voici, pèlerin, sur ces augustes dalles
Où reposent en paix tant de cendres royales :
Hautecombe a reçu mes pas retentissants,
Mes pleurs ont éveillé les échos gémissants....
Voilà donc sous mes yeux ces chefs-d'œuvre gothiques
Qui, levant dans les airs leurs fronts mélancoliques,
Semblent parler encor de ces temps valeureux
Où la gloire et l'amour guidaient nos jeunes preux.

. . . .

Quel repos ! quel silence ! en ces demi-ténèbres
L'œil ne peut entrevoir que monuments funèbres :
Tout ici nous invite à méditer, hélas !
Sur l'éclat fugitif des pompes d'ici-bas ;
La mort a des leçons où s'instruisent les âges,
Dites-le nous, ô rois, illustres personnages !
Que le monde est petit, contemplé dans ce lieu !
Les puissants, que sont-ils en présence de Dieu ?

. . . .

A.-S. S*.

Qu'est-ce, auprès du Seigneur, que vos pompes mondaines ?
Un instant dans la gloire on vous a vus briller ?
        Éblouis de ces grandeurs vaines,
Vous régnez ; mais la mort arrive avec ses chaînes,
        Et se plaît à vous réveiller.

Que le trépas, en vous, nous donne un grand exemple !
Tant que vous dominez sur ces sommets glissants,
Le vulgaire vous craint et de loin vous contemple.

Mais bientôt votre trône est le caveau d'un temple :
Vous n'avez plus qu'un juge et point de courtisans.

On commence pour vous l'éternelle prière.
　　　　Quoi ! monarques si redoutés,
Vous tenez, comme nous, l'espace d'une bière ;
Et vous voilà dormant dans votre lit de pierre,
Immobiles, sans sceptre, un prêtre à vos côtés ?

Tout ce que l'art inspire aux plus savantes veilles,
En vain, sur vos tombeaux, cherche à nous éblouir :
Ni vos yeux ne verront ces pompeuses merveilles,
Ni ces chants solennels n'iront à vos oreilles ;
　　　　Et vous seuls n'en pouvez jouir.

　　　　Reposez donc, ombres royales !
Oubliez les chagrins et les nuits sans sommeil
Qu'amènent les grandeurs au repos trop fatales :
　　　　Et, dans vos couches sépulcrales,
　　　　Attendez le dernier réveil.

Nos neveux, à leur tour, viendront dans cet asile,
　　　　Voir les héros des anciens jours,
　　　　Gardant sur la pierre immobile,
Le pesant appareil d'une armure inutile ,
Et du dernier chrétien implorant le secours.

　　　　　　　　　　　　DE F*.

Ici l'on n'entend plus tous ces vains bruits du monde
Que le temps engloutit dans une paix profonde....
Que reste-t-il de nous quand nous avons vécu ?
Rien que le souvenir que laisse la vertu ;
Rien qu'un regret pieux, qu'une larme timide,
Qu'un soupir échappé sur la fosse fétide....

.   .   .   .

O douleur ! attribut de la nature humaine,
Et de la terre aux cieux mystérieuse chaîne !
Sur le bord du tombeau, tu viens nous avertir
Que c'est ici le terme où tout doit aboutir....

   Oui l'homme jeté sur la terre
   Vient pour accomplir une loi :
   Faible instrument d'un grand mystère
   Dont il demande le pourquoi :
Pourquoi donc suis-je né? se dit-il ; et mon âme,
Quels lieux habitait-elle avant de m'animer?
Où vais-je, hélas! Seigneur? est-ce d'un jet de flamme
Que l'Esprit créateur prit soin de me former?

   Oui, j'en crois ta bonté divine,
   Qui seule ne nous trompe pas,
   L'homme, ainsi qu'une algue marine,
   Ne prend point racine ici-bas.
   La mort comme un vent sur la grève
   D'un souffle en passant nous enlève ;
   C'est au ciel que tendent nos pas.

         A.-S. S*.

AUTEURS

A.-S. S*. — M^llo Agathe-Sophie SASSERNO, dans son livre intitulé : *Hautecombe, poème lyrique.* Turin, 1844.

J.-P. V*. — Jean-Pierre VEYRAT : *Station poétique à l'abbaye d'Hautecombe.* Chambéry, 1843 et 1847.

DE F*. — Le comte DE FORTIS : *L'abbaye d'Hautecombe, élégie* (dans son voyage à Aix-les-Bains.) Lyon, 1829.

A. DE J*. — Auguste DE JUGE : *La restauration de l'abbaye d'Hautecombe*, pièce lue, en 1826, dans la Société académique de Savoie.

Nous déclarons loyalement que, désirant établir entre les divers passages de ces auteurs, certaines transitions nécessaires pour en former un ensemble harmonieux, nous avons dû y ajouter ou modifier plusieurs mots.

NOTES

1. *Gerbaix* de Sonnaz, Guillaume de *Grandson*, seigneur de Sainte-Croix, frère d'armes d'Amédée VI, Aymar de *Seyssel*, seigneur d'Aix : plusieurs localités des environs portent les noms de ces personnages.

2. L'abbaye d'Hautecombe fut fondée par le comte Amédée III, de concert avec saint Bernard. (Voir nos *Souvenirs historiques* d'Hautecombe.)

3. Ce sont seulement quelques noms, pris parmi les princes ensevelis à Hautecombe. (Voir la description de leurs monuments funèbres, dans nos *Souvenirs artistiques*.)

4. On a réuni dans ces vers les noms de toutes les princesses antérieures à la Révolution de 93, qui ont un monument à Hautecombe.

5. Parmi les saints d'Hautecombe, on distingue saint Vivian, saint Amédée-Clermont d'Hauterive, les deux premiers abbés, et le B. Humbert III. — Parmi les savants : Geoffroi, abbé ; Alphonse Delbene, abbé, puis archevêque d'Alby, etc. (Voir *Souvenirs historiques*.) — Les papes sortis d'Hautecombe sont Célestin IV et Nicolas III.

6. Les officiers municipaux de la Révolution se présentèrent à Hautecombe, le 4 novembre 1792.

7. Saint-Pierre de Curtille, village situé à 3 kilomètres nord de l'abbaye. Un chemin y conduit à travers les bois.

8. La nouvelle abbaye s'élevait comme par enchantement, puisque les travaux commencés en février 1825 se trouvèrent achevés, sauf les décorations intérieures, le 5 août 1826. (Voir *Souvenirs historiques*.)

9. Ces solitaires furent d'abord les Cisterciens de la Congrégation de Saint-Bernard d'Italie, venus du monastère de la Consolata, de Turin. Depuis 1864, ce sont les Cisterciens de la Congrégation de Sénanque, en France.

www.ingramcontent.com/pod-product-compliance
Lightning Source LLC
Chambersburg PA
CBHW060857180626
46818CB00004B/1741